A GEORGES SAND,

PAR

Mme Louise COURVOISIER.

Paris,
LEMOINE LIBRAIRE,
PLACE VENDOME, 24.

1839.

A

GEORGES SAND.

Meulan. — Imprimerie de A. HIARD.

Madame,

Nulle sainte règle ne légitimant parmi nous l'amour, selon notre morale une femme ne saurait, sans impudeur, retracer les émotions diverses d'une passion qui, dans son libre essor, est la satisfaction de l'être tout entier. D'un autre côté, la plume de l'homme semble en général peu propre à rendre ce que cette passion a de plus profond et de plus intime. Par cette double raison, le roman m'ayant toujours paru une production incomplète et vaine, je n'avais jamais lu un roman tout entier. Les vôtres, madame, furent une lumière nouvelle ; vouloir en décomposer les rayons serait imprudence; mieux vaut s'en tenir à goûter ce qu'ils peuvent avoir d'influence salutaire, et se borner à admirer ce qui, dans vos livres, est admirable, c'est ce que j'ai fait en lisant chacun d'eux jusqu'à l'Uscoque. Cette œuvre de Georges Sand, j'ose la critiquer!..... Je me hâte de dire que ce n'est pas sous le point de vue littéraire, bien que sous ce rapport même ce livre puisse paraître inférieur à tant d'autres de vos belles productions. Il n'est pas jusqu'au bon campagnard Joseph, dans André, cette fleur suave de votre herbier si varié et si riche, qui ne dépasse en portée d'invention tous les personnages de l'Uscoque, à commencer par le héros lui-même : cet Orio Soranzo, homme monstre à une seule face, et taillé tout d'un trait ; puis cette Naam, son aveugle instrument; ce vénérable Morosini, sa dupe bénévole ; cette douce et molle Giovanna, prédisposée par un instinct d'abnégation et de sacrifice à être sa victime; ce comte Ezzelino, digne gentilhomme qui ne peut manquer de le devenir; et sa sœur, la noble et pure Argiria, qui eut pu jouer un meilleur rôle; sans en excepter ce médecin Barbolamo, railleur sceptique, ne voyant dans l'homme qu'une machine dont il s'amuse à mouvoir les ressorts; personnage toutefois le plus saillant de tous ceux qui semblent groupés là, à seule fin de faire ressortir par leurs faibles nuances les atroces couleurs de l'Uscoque.

Cet uscoque, selon l'expression du digne Asseim Susuf, est un corsaire en prose. Son histoire est la même que celle qui a été écrite par lord Byron, sous le titre du Corsaire et de Lara. Seulement celui-ci est un corsaire en vers, un corsaire tout poétique. Le beau génie de Byron, en harmonie avec son ame, ne savait rien mieux peindre qu'elle même; d'où résulte, qu'au dénouement, son Conrad c'est lui, c'est un grand homme.

Quant à l'uscoque, comme le Caliban de Shakspeare, on le dirait né d'une sorcière et d'un démon. Ce n'est qu'aux enfers qu'un pareil type et l'inspiration de l'auteur ont pu être puisés. C'est ce type et cette inspiration; c'est la conception morale du drame, le faux principe sur lequel il repose, et dont les crimes d'Orio sont la fausse conséquence, que notre blâme voudrait atteindre.

Ces crimes, selon votre principe, ont leur cause déterminante, non dans la circonstance extérieure, dans l'influence du milieu où il vit, mais dans la nature elle-même de l'homme. « Orio Soranzo est un homme « d'organisation audacieuse et mauvaise, un homme aux » instincts criminels. » pas le moindre vestige d'une âme créée à l'image de Dieu, pas un signe de sa divine origine ne se révèle en lui. Il est prédestiné au crime, au malheur, à la malédiction en ce monde et en l'autre.

C'est cette thèse impie autant qu'elle est inconséquente et cruelle, que nous ôsons combattre. C'est cet outrage à Dieu et à l'homme, ce blasphème contre la Providence que nous repoussons de toute la véhémence de notre charité, de toute la force de nos convictions et de notre foi.

Il fut un temps ou vous compreniez, madame, comment la lutte de la raison et de la passion, ces deux faces inaccordées de l'homme, et le double choc de l'intérêt privé et de l'intérêt général, par le manque d'harmonie entre eux, pouvaient rendre l'homme coupable autant que malheureux. Descendant en votre propre cœur, vous ne vous fussiez pas avisée alors de trouver là une source de vices et de souffrances et de vous en prendre à Dieu. C'est à des institutions faussement combinées, qui, par leur désaccord avec la nature humaine, l'oppriment et la dépravent; à des règles trop étroites que cette force incompressible brise tôt ou tard, que vous renvoyiez la faute. C'est la société que vous accusiez des vices et des malheurs de l'homme; c'est contre elle et contre ses lois que votre plume lançait l'anathème.

D'où vient qu'aujourd'hui, avocat de la cause contraire, c'est Dieu lui-même que vous prenez à partie; que vous déclarez impuissant, absurde ou méchant, pour réhabiliter la société et sauver ses systèmes? Dans l'Uscoque, ce n'est plus un seul, victime de tous, c'set tous, victimes d'un seul : d'un seul, né pervers, sorti des mains de Dieu tout pétri de vices, tout armé de crimes et de scélératesses. Il est jeté à travers tant d'honnêtes gens, d'âmes simples et pures, à seule fin de les tourmenter, de les désespérer, de leur déchirer les entrailles, de se repaître de leur chair et de leur sang, d'être enfin, sous toutes les formes et jusqu'au dernier souffle, leur oppresseur et leur bourreau.

Orio Soranzo, noble patricien de Venise, descend de la race ducale dont il porte le nom. Comme tous les héros de roman, beau et possesseur d'une grande fortune, il a épuisé son patrimoine en excès de toutes sortes; mais il est brave. Il est dites-vous, « une sorte » de courage propre aux âmes lâches : » nous n'avions jusqu'ici reconnu aux âmes lâches que celui d'en manquer dans l'occasion. Orio, sans doute, avait le courage propre aux terribles œuvres auxquelles il était destiné. Donc, se voyant ruiné, il part contre les Turcs; les bat, les dépouille, les rançonne, et retourne avec une nouvelle opulence et la renommée de grand capitaine.

Par les ressources de son esprit, qui n'étaient pas inférieures aux agrémens de sa personne, et toutes les qualités aimables dont il se parait, (car au moyen de l'astuce et du mensonge, tout était charme et séduction dans Orio Soranzo) il sut plaire au généréralissime, messer Francesco Morosini. Bientôt il en obtint la main de sa nièce, de sa Giovanna bien aimée, qu'il appelait le plus précieux diamant de toute la terre. Elle le devint en effet pour le comte Soranzo, étant la plus riche héritière de la république, et apportant à son heureux époux une dot immense à dévorer.

La possession d'une femme de dix huit ans, ange de beauté et de bonté, ne pouvait être qu'une préocupation bien passagère pour le patricien blasé. Il n'y avait, dans Venise qu'une seule emotion capable d'activer et de tenir en haleine Orio Soranzo : C'était le jeu. «Il » exposait souvent sur un coup de dés sa fortune »tout entière , il gagnait et perdait vingt fois par »nuit le revenu de cinquante familles. »

C'est dans ce gouffre qu'il eut bientôt englouti la dot de Giovanna, ou du moins, une bonne partie. Il fallut alors retourner guerroyer contre les Turcs, afin de réparer, par de nouvelles prouesses, ses pertes et reconquérir de l'or : l'or c'était l'ame et la vie de messer Orio Soranzo.

A Venise, parmi les plus belles et les plus nobles dames, ce parfait mauvais sujet ne trouvait pas de cruelles. Renommé par ses aventures galantes, ses duels, ses débauches, de l'aveu même de Giovanna, il n'y eut pas jusqu'à sa réputation de débauché qui, ajoutant au pouvoir magique du regard d'Orio, n'ait fort contribué à la séduire, à lui intimer cet ordre d'être à lui, auquel elle céda sans trop d'effort.

Aussi heureux en guerre qu'en amour, nulle force ennemie ne lui résiste, ce double succès provenant sans doute du sang-froid avec lequel il vaque à l'un et à l'autre ; car Dieu, en dotant, selon ses vues, Orio Soranzo de l'apparence des vertus aussi bien que de la réalité des vices, n'a eu garde de lui laisser l'âme et le cœur. Il en manquait si absolument, que la seule chose qu'il ne sût feindre c'était la sensibilité.

Après une brillante campagne, où il s'est distingué entre tous, Orio, hivernant avec l'armée à Corfou, ne peut supporter l'inaction dans laquelle il est retenu. Pour satisfaire cette infatigable activité, et confier à son neveu un poste digne de son courage, Morosini l'envoie occuper, comme gouverneur, San-Silvio, la plus importante des îles Curzolari, au sein des écueils du golfe de Lépante. Ce passage, dont dépendait la sûreté de la navigation, était infesté par les pirates Missolonghis, les plus redoutables de tous. Envoyer contre eux Orio, c'était assurer leur destruction. Il ne manque pas de justifier cette confiance, son nom répandit la terreur parmi les Missolonghis, il en eut bientôt purgé toutes ces mers. Charmé de ce succès inoui, l'amiral lui fit envoyer par la république des lettres de félicitation.

Mais à détruire les pirates il n'y avait que de l'honneur sans profit; Orio n'a pas la sotte manie de l'honneur. Il a dévoré en trois mois la dot de sa femme; ses créanciers sont prêts à s'abattre comme des oiseaux de proie sur ses palais et ses domaines ; il lui faut des ennemis à dépouiller, du butin à recueillir. C'est dans ce but qu'il conçoit et exécute cette expédition de Patras, dont le pacha gardait dans sa forteresse des trésors immenses et dont chacun sait les détails pour les avoir lus dans le poète anglais. Sans doute pour mieux manisfester ensuite sa puissance à protéger les plus extravagans desseins et les entreprises les plus téméraires d'Orio, le ciel le livre en celle-ci au destin contraire : malgré son audace dans l'attaque, son courage de lion dans la défense, et toute sa bravoure accoutumée, il échoue. Sa beauté du moins, lui rend en cette occasion un plus signalé service qu'elle n'avait jamais fait. Les fers aux pieds et aux mains, au fond d'un cachot, l'esclave favorite du pacha, trouvant Orio plus à son gré que son farouche maître, assassine celui-ci, délivre son prisonnier, et, à la faveur du désordre, s'enfuit avec lui. C'est cette Naam qui, sous le déguisement d'un page, reste attachée au destin d'Orio comme le satellite d'une planète maudite. Emportée dans son mouvement de crime par un amour implacablement féroce, elle accomplit à la parole du maître les plus épouvantables forfaits, et faillit devenir elle-même victime de ce monstre dont elle avait fait son Dieu. Soustraite à la justice par la passion subite qu'elle inspire à l'un de ses juges, Naam s'en va mouvrir à la Mecque, sa patrie. Mais en sauvant Orio, de son désastre de Patras, elle n'avait pas sauvé avec lui les trésors du pacha. Dans cette expédition, Orio avait perdu sa principale galère et cent de ses meilleurs hommes. Il se trouvait donc en pire situation qu'auparavant. Il s'était appauvri au lieu de conquérir de l'or ; cet or sans lequel il ne pouvait vivre et dont

pour vivre il lui fallait beaucoup. « Car il a des pas-
» sions effrénées, des besoins énormes. En outre il
» abuse de tout, il ne lui faudrait rien moins qu'une
» fortune de roi pour subvenir à ses dépenses de fou.
» Étant à la fois insatiable et cupide, tous moyens lui
» sont bons pour acquérir de l'argent, comme tous
» les plaisirs bons pour le dépenser. »

En conséquence ne pouvant s'en procurer par les voies de la guerre, aucun autre moyen honorable ne lui étant offert, il adoptera les plus criminels autant que les plus audacieux et les plus désespérés; ce sont ceux qui vont le mieux à son génie. Dès long-temps les profits immenses, certains, rapides des Missolonghis excitent son envie, de même que leur vie de chances et de périls flatte son aventureuse et indomptable audace. Envoyé contre les pirates, il se fera pirate lui-même; au lieu de s'armer pour les détruire; il trahira la république et s'armera avec eux pour les rendre invincibles. Une fois l'idée conçue il n'hésite pas à l'exécution. Il se fait chef des Missolonghis, les dirige, les commande, combat à leur tête; et, par une faveur spéciale du ciel, nul dans le château ni dans l'île n'accuse ou seulement ne soupçonne le gouverneur de San Silvio de prendre part ou de prêter protection à la piraterie. C'est sur un léger esquif, accompagné de son page arabe, qu'Orio rejoint chaque matin les pirates derrière les rochers; c'est au moyen d'issues souterraines qu'il les introduit au besoin dans la forteresse.

On conçoit jusqu'où dut monter l'insolence de ces brigands sous la conduite d'un tel capitaine, et quels furent leurs audacieux succès. « Jusqu'ici, raconte le comman-

» dant du château, Léontio, les Missolonghis s'étaient
» bornés, dans leurs pirateries, à piller les navires; et,
» quand les prisonniers se rendaient, ils les emmenaient
» en captivité et spéculaient sur leur rançon. Aujour-
» d'hui les choses se passent autrement : quand un navire
» tombe dans leurs mains, tous les passagers, jusqu'aux
» enfans et aux femmes, sont massacrés sur place; il
» ne reste pas même un planche flottant sur l'eau,
» pour aller porter la nouvelle du désastre à nos ri-
» vages. Nous voyons bien les navires partir de la côte
» d'Italie, passer dans nos eaux, mais on ne les voit
» point débarquer sur celles du levant; et ceux que la
» Grèce envoie vers l'occident n'arrivent jamais à la
» hauteur de nos îles. »

Enfin le comte Orio Soranzo devint réellement le terrible pirate, l'uscoque bien véritable uscoque, de la pure race des écorcheurs et buveurs de sang, renommé par sa férocité insatiable entre tous ces bandits, corsaires, forbans, flibustiers, vils rebuts des nations qui infestaient les mers et vivaient de rapines et de meurtres.

C'est ce damnable métier qu'il exerçait en toute sécurité, en recueillant pleinement les fruits, lorsqu'une galère armée de la république, déviée de sa voie par une tempête, se trouvant à la hauteur des îles Curzolari, ne peut éviter la rencontre des terribles pirates. Un combat s'engage cette fois; les brigands sont mis en déroute et en fuite; Orio lui-même est blessé par le chef vénitien, le noble comte Ezzelino, qui ne le reconnut pas d'abord sous l'épaisse barbe noire et l'énorme turban écarlate qui le déguisent.

Mais le jour étant avancé et après un combat si périlleux, jugeant convenable de mettre sa galère à l'abri sous la protection du château situé dans l'île principale, Ezzelino est entraîné à y prendre refuge lui-même. Le gouverneur rentré de son côté, malgré sa blessure et la rage qui le possède, car lui sait à quel ennemi il a eu à faire, ne peut se dispenser de recevoir honorablement un officier de la république aussi distingué, et le fait convier à souper. C'est pendant ce souper que le jeune comte reconnaît dans Orio l'uscoque qu'il a blessé et mis hors de combat le jour même.

Ezzelino, de la famille des princes de Padoue, non moins noble par le cœur que par la naissance; non moins valeureux et illustre en guerre qu'Orio lui-même, également cher à l'amiral qui reconnaissait en lui le plus digne gentilhomme de l'Italie, avait demandé la main de Giovanna avant le comte Soranzo et l'avait obtenue. Il était à la veille de conclure ce brillant hymenée, lorsque ce rival plus beau que lui, et surtout plus habile, l'avait emporté.

Aujourd'hui, Ezzelino ne sachant pas dissimuler la découverte qu'il vient de faire de l'uscoque, d'un traître aussi ignoble, dans le neveu du généralissime de la république, Orio n'hésite point à faire attaquer par ses pirates, le lendemain au matin, au sortir de la baie, la galère de ce mortel ennemi et à le faire massacrer avec tout son équipage. « Si le vieux Usseim, chef des Missolonghis, n'apporte la tête du Vénitien pour gage de sa mort, Orio fera pendre le pirate aux créneaux de sa grande tour. Va, dit-il, à Naam, porteur de cet ordre; telle est ma volonté, maudit trois fois soit l'infâme qui m'a mis hors de combat ! »

Mais enfin, aux prix de ses forfaits inouïs, le comte Soranzo a réussi à se faire riche; il l'est au-delà de ses espérances. Toutes ses prises, converties en or monnayé et transportées à Venise, sont en sûreté dans ses caves. Ce qui reste de ses trésors aux îles Curzolari, enfermé dans des caisses et des outres de peau de chameaux, est chargé sur une galère toute prête à mettre à la voile. Orio n'a plus qu'à se défaire des complices dont la vie le compromet, et à effacer la trace de ses crimes, ce dont il n'est guère gêné, ayant pour ce fait d'autres crimes à sa disposition.

Les deux matelots qui conduisaient la barque mystérieuse parmi les écueils, sont égorgés sur cette barque par Orio et son page Naam, puis incontinent coulés à fond avec elle. Le commandant du château Léontio, le lieutenant de vaisseau Mezzani et un renégat Frémio, réunis le soir au château, afin est-il dit de recevoir des communications importantes à leurs intérêts, sont empoisonnés tous les trois et meurent à l'instant même. Après cela, Orio et Naam rassemblent les corps, les entassent sous la table; Orio prend un flambeau et met le feu à ce monceau. Pendant que Naam veille à la porte, avec ordre de ne répandre l'alarme que lorsqu'elle aura vu la table, les meubles entièrement consumés, et la flamme faire irruption au dehors; lui, Orio, s'en va tranquillement assassiner Giovanna.

N'ayant pu vivre à Venise, séparée de son époux, Giovanna avait tout surmonté pour venir le rejoindre aux îles Curzolari. Douce et tendre victime, elle a dans cette sombre demeure de San-Silvio, supporté, en souffrant et sans se plaindre, le délaissement et l'abandon d'Orio, dont elle ne soupçonnait pas la cause ; mais enfin elle l'a apprise ; elle sait tout et peut tout révéler. Orio, qui déjà la haïssait pour l'oppression de cet amour qu'elle lui faisait subir, l'ayant ainsi arrêtée, lui plonge son poignard dans le sein. Puis, dans la crainte que quelque survenant ne découvre que la victime est morte par le fer, il court saisir au milieu de l'incendie un brandon enflammé et le jette entre ce corps, baigné dans son sang, et le beau lévrier blanc qui, unique confident de Giovanna, veille et gémit auprès de son cadavre.

Le lendemain matin, l'hécatombe infernale était consommée. Ceux des habitans du château échappés à l'incendie, épars sur la grève, comme autant d'ombres mornes et livides, assistaient au dernier croulement de la forteresse. Cependant Orio et son page arabe abandonnaient cette plage dévastée ; et, suivis de la précieuse galiote lestée d'or ; ils cinglaient à pleines voiles vers Corfou.

La perte du comte Ezzelino, de ce vaillant et fidèle serviteur de la république, dont la galère a été dépouillée et coulée bas à la sortie des écueils de Curzolari, a mis le comble aux murmures et au mécontentement de l'armée. Le noble Morosini, ne peut comprendre l'incurie de son neveu, et comment la piraterie exerce audacieusement ses ravages en vue du fort et à la portée du canon de San-Silvio. Indigné lui-même, il a enfin mandé à Corfou Soranzo pour rendre compte de sa conduite.

Il semble qu'ici la position d'Orio soit assez compliquée et difficile, et qu'il doive se trouver en quelque perplexité. Plus frappé peut-être d'étonnement que d'horreur à la vue de ces tours de force dans le crime, si on passe outre et tourne la page, c'est pour voir par quel tour d'adresse saura s'en tirer l'impudente perversité d'Orio.

On n'est point déçu; en cette épreuve nouvelle, le héros se surpasse lui-même. Connaissant les intentions de l'auteur, on peut même dire que cette épreuve était nécessaire ; c'est la touche du maître; c'est la fine nuance des infinies facultés dont Dieu a doué l'homme pour le crime, ce crime, dont il porte en lui l'instinct et le besoin, apparaissant plus hideux et plus révoltant encore dans sa lâcheté à se dissimuler que dans son audace à s'accomplir.

A son retour de Patras, pour couvrir son plan de trahison et s'autoriser à laisser la mer libre aux pirates, Orio avait imaginé une maladie mentale, une aliénation d'esprit, provenant de ce désastre même de Patras. C'est cette prétendue maladie qui, plus heureusement encore, lui revient aujourd'hui en aide Des événemens si déplorables , l'incendie de sa forteresse, la mort, cette mort funeste d'une épouse adorée, restée au milieu des flammes, ont achevé d'altérer sa santé et d'aliénier sa raison. C'est réduit au dernier paroxisme du mal, moribond, navré de douleur, insensé, fou de désespoir, que le comte Soranzo se présente à toute l'armée et à son chef. Et ce qui paraîtra plus merveilleux encore , c'est que toute l'armée, et son chef, sont complètement dupes et qu'Orio réussit à souhait. Il ne laisse pas plus de mécontens et d'ennemis à Corfou, qu'il n'a laissé d'accusateurs aux îles Curzolari... Malgré tant de faits accumulés, tant de charges élevées contre lui; en tous lieux, l'envie et la haine, ainsi que les plus justes ressentimens se tiennent pour apaisés et satisfaits.

Toutefois ne doit-on pas trop s'étonner, étant prévenu par vous, madame, qu'une étoile maudite dans le ciel, pour ne pas dire une providence maudite, présidait au destin d'Orio, et protégeait ses effrayans succès.

C'est toujours sous l'influence de cette étoile, qu'à la première occasion d'éclat, Orio, déposant aussi habilement qu'il l'avait pris son masque d'aliéné, retrouve avec son sens, son énergie et tout son courage. Il se montre de nouveau si grand capitaine, si fidèle, si dévoué à la patrie, il s'illustre par de tels hauts faits, que le généreux Morosini, après avoir pleuré sa Giovanna avec Orio, ne peut moins faire que de lui rendre et son estime et toute sa confiance. Il le comble de distinctions et d'honneurs ; et, lui-même, sur sa propre galère, ramène à Venise son fils adoptif, riche, honoré, glorifié, n'ayant plus qu'à se réjouir au sein d'une prospérité que, par une contradiction manifeste, vous appellez une prospérité *impie*.

Il est vrai que, parvenu à son apogée, l'étoile tutélaire s'éclipse tout à coup. Par une ironie cruelle, le ciel, après avoir prêté la main à Orio dans ses plus criminels efforts pour acquérir et posséder, l'abandonne et le précipite dès qu'il veut entrer en jouissance. Cette maladie, qu'il avait feinte pour arriver au but, s'empare de lui tout de bon dès qu'il y touche. Il ne trouve que la satiété, l'ennui, le vide où il avait placé le suprême bien. Orio, enfin, ne peut recueillir le fruit de ses fatales œuvres : mais il ne les a pas moins accomplies; il n'a pas moins été le fléau de tous, et encombré la terre et la mer de ses victimes.

Ce n'est pas tout : ce Dieu qui, à plaisir, au gré de sa fantaisie, fait les bons et les méchans, donnant toujours le succès à ces derniers, tandis que les bons sont opprimés et sucombent, il se trouve que le personnage, type de la dignité de l'homme, ce noble Ezzelino, dont les vertus et les malheurs font contraste avec les prospérités et les vices d'Orio, n'en reçoit d'autre rémunération que de ressusciter à point pour rompre le fil qui tient le glaive suspendu sur la tête du grand coupable, et le livrer au châtiment de ses crimes.

Échappé par miracle au massacre de son équipage, Ezzelino reparaît à Venise au moment où, par une dernière scélératesse, Orio allait dignement couronner toutes les autres. Pour ranimer ses passions, et le guérir de cette langueur maladive qui le consume depuis qu'il n'est plus stimulé par le crime, messer Barbolamo, le plus docte médecin de Venise, a conseillé au comte Soranzo de se rendre amoureux. Un peu auparavant, pour voir le plaisir qu'il y a à tuer un homme sans motif, Orio avait eu la lubie d'étrangler son compagnon de débauche; maintenant c'est le vertige satanique de devenir l'époux de la sœur, après avoir été le meurtrier du frère, qui le tente. Subjuguée par ce charme, ce prestige de séduction attaché à la personne d'Orio, et dont nulle femme n'a jamais su se défendre, la sœur même du comte Ezzelino, la belle et candide Argiria, à peine âgée de quinze ans, allait lui être unie et succéder à Giovanna, lorsque, tombant comme la foudre entre les deux amans, Ezzelino soustrait sa sœur bien aimée à ce destin funeste. Rendue aux affections de famille, Argiria jure à son noble frère qu'elle n'aimera plus que par son ordre, qu'elle n'aimera plus que lui; mais il est dit qu'elle perdit la raison, et faillit perdre la vie, des suites de cette catastrophe.

Quant à Orio, que n'eût-il pas donné pour retrouver

une dernière fois au moins sa force en équilibre avec ses instincts criminels, pour accomplir sa vengeance et satisfaire la haine, dont sa poitrine se gonfle, pour détruire ce témoin irrécusable, cette victime toute sanglante qui se dresse contre lui ?... Il accussera Ezzelino devant Morosini.... il supposera pour le perdre mille infamies.... non; il veut le provoquer, le défier.... ou plutôt il veut l'assaillir et lui enfoncer traîtreusement son épée dans la gorge.... Il veut.... mais il ne peut.... Par suite de cette impuissance de vie dont Orio est frappé, en punition de ses crimes, dites-vous, par une autre inconséquence, il reste sans mouvement sous l'agitation fébrile de son cerveau; ses bras de plomb sont cloués à ses flancs, et son esprit déblatère sans avoir la faculté de coordonner ses idées.... Orio est un homme fini.

Une seule action lui reste à consommer en ce monde : celle d'en sortir dignement, c'est-à-dire d'expirer dans les tortures du supplice comme il a vécu dans les convulsions du crime. Ezzelino, qu'il a voulu faire assassiner par Naam, échappé encore une fois à son poignard, le dénonce au tribunal des Dix et se constitue son accusateur. Pour ajouter un dernier fleuron à cette couronne de forfaits, qu'il est près de déposer avec la tête, Orio veut essayer, d'empoisonner Naam, dans la crainte qu'elle ne succombe à la torture et ne révèle la vérité; après quoi la mesure étant comble, n'y pouvant plus rien ajouter, cet homme, créé de Dieu à l'image du diable, en ayant bien accompli toutes les œuvres, complète sa fatale destinée; il meurt misérablement, ignoblement, sans que rien le relève ou l'absolve devant Dieu ni devant les hommes.

Tel est l'Uscoque; et le bon public, qui exige une

moralité dans toute œuvre d'art; qui veut que tout ce qu'il voit, tout ce qu'il lit, soit empreint de morale par le même instinct, sans doute, qui fait que l'homme aviné et malade veut qu'on ne lui présente que de l'eau; le bon public s'est délecté à la lecture de l'Uscoque, comme il avait fait à la représentation de la Tour de Nesle et de Lucrèce Borgia.

Qu'y-a-t-il de commun entre l'Uscoque et lui? La comparaison ne pourrait que flatter chacun des lecteurs. Lequel, en présence d'un Orio Soranzo, ne s'est rengorgé dans sa vertu ou pavané dans son innocence? pour être moins qu'un monstre on se croit plus qu'un homme. Et, de même qu'on ne ressent de pitié que pour les maux dont on peut être atteint, on ne se scandalise point des crimes qu'on ne saurait commettre. L'essentiel est que ces crimes n'accusent pas les institutions sociales, la sagesse des lois de l'homme. La preuve que ces lois sont sages, c'est que, lorsque Dieu s'avise de lancer par le monde quelque Satan incarné, quelqu'Orio Soranzo, les bagnes ou l'échafaud sont là pour en faire justice.

Lorsque jadis, avec cette verve de vérité et l'indignation qui se puisent à sa propre souffrance, vous mettiez, Madame, en relief les maux et les vices qu'enfante notre cahos social; ces désordres et ces profondes douleurs résultant des instincts comprimés, des vocations faussées, des destinées brisées avant d'être écloses; cet affreux malheur des plus hautes natures, de s'ignorer; cette extrémité, plus affreuse encore, de se connaître et d'être réduit à s'annuler; et la longue agonie de tant d'âmes qui épuisent la vie comme un calice d'amertume; et toutes ces tortures inconnues, ces angoisses intérieures, qui crient vers le ciel et se couvrent d'un voile, ne se pouvant dire ni nommer; lorsque, dis-je, vous traciez ces tableaux effrayans, mais vrais, la morale, effarouchée, cria anathème contre l'auteur et contre ses livres. C'est leur moralité transcendante qui frappait ces livres de réprobation. La société en masse se trouvait là prise sur le fait et comme coupable et comme victime; chacun, lisant, la main sur la conscience, pouvait se dire : voilà ma plaie ou voilà mon crime. Tandis que l'Uscoque, renvoyant au ciel l'odieux de ses vices et toute son infamie, l'excès même de son impiété le sauve; placé hors de toute portée de la vanité humaine, ce livre, sous le rapport moral, reste comme une œuvre sans conséquence.

Si, par une conception plus magnanime, vous eussiez imaginé d'amener votre héros à récipiscence; si, trouvant dans votre génie, ou votre science, un ordre de chose où, placé au milieu de conditions plus convenantes et mieux appropriées à sa nature, cet homme, qui avait en lui la force de porter un monde, eut pu donner un plein essor à ses vocations si énergiques et à ses instincts si puissans; ou ces mêmes instincts, ces mêmes passions, devenant le mobile de louables et nobles actions, l'Uscoque se fût montré plus grand dans le bien qu'il n'avait pu être grand dans le mal, certe, votre œuvre n'eût pas été si bien accueillie. Au sein d'une société moribonde, où les plus forts vacillent et les plus sains succombent; où, dans son bien et son mal, également craintif et malheureux, chacun attend une loi de salut, une révélation nouvelle, il n'est, toute fois, pas permis de sortir de la route battue de l'ornière commune ; tout ce qui est excentrique et dépasse la portée vulgaire, s'appelle ridicule ou démence. Oser justifier dieu et l'homme aux dépends de la civilisation! et que deviendraient tant de moralistes et de philosophes, dont la bénigne philantropie, le doux repos et le bien-être, ne s'abritent déjà plus qu'avec émoi, sous les voûtes ébranlées du vieil édifice?.....

Aussi, comme si vous prétendiez vous poser dignement parmi cette foule d'élite, avez vous bien fait votre partie et tout arrangé à la plus grande gloire de la civilisation et à la satisfaction de tous, livrant cet Uscoque, pervers et maudit, au tribunal des Dix, pour subir dans tout son appareil la peine capitale, ainsi qu'il l'a bien et dûment mérité et qu'il y était dévolu en naissant. A Venise Orio Soranzo, enfermé dans un sac, a passé sous le pont des prisons. A Paris il eût eu la tête tranchée, en place de Grève, à la face du ciel et de la populace réjouie. Hommes pusillanimes, ne vous récriez plus contre de tels spectacles, et gardez-vous de réclamer l'abolition de la peine de mort; l'Uscoque vous apprend que la rigueur des lois de l'homme est le supplément nécessaire à l'impéritie des lois de Dieu. Par une inconcevable conséquence, tout, ainsi que le crime, sont d'institution divine et la potence et le bourreau!!!...

Mais revenons à ce type modèle, créé tout à dessein de fonder le principe d'où se déduit une telle conséquence : de révéler une erreur ou un méfait du ciel dans la nature de l'homme. Il est dit : «Le comte Orio Soranzo était un homme de volonté et d'action, ayant des passions fougueuses, un orgueil effréné, une énergie indomptable. Giovanna reconnaît qu'il a une haute intelligence, un noble courage et le goût des grandes choses.... Sa parole avait une conviction à laquelle rien ne résistait. Il inspirait des passions immenses, des dévouemens infatiguables. On ne l'aimait ni ne le haïssait point à demi..... Il était d'une rare vigueur, son corps semblait être à l'épreuve du fer et sa santé à celle de tous les excès. Sa taille était haute et noble, ses traits empreints d'une beauté divine; et le regard magique de ses grands yeux noirs, fascinèrent tellement Giovanna, qu'elle tomba évanouie la première fois que ce regard se porta sur elle. »

Une telle organisation, tant sous le rapport physiologique que passionnel, ne semble pas une œuvre d'absurdité et d'impuissance, une œuvre vicieuse et mauvaise en soi. Dans quel milieu social était-il donné à cet homme de développer tant de forces et de richesses, tant de facultés et d'attractions diverses?...

C'est au sein de cette oligarchie vénitienne du XVIIe siècle; de cette Venise, qu'avec tous nos historiens vous préconisez, Madame, comme la ville puissante et glorieuse; mais qui, au fait, courtisane fardée et musquee, s'acheminait à la décrépitude, s'affaissant sous le poids de ses ans et de ses vices. De cette Venise où, après les jours d'ovation fastueuse pour quelques faux principes, il n'y avait plus de principes que l'obéissance passive, à l'aide des souterrains et des plombs, des inquisiteurs et des bourreaux; de cette Venise, où les lois réprimaient les penchans légitimes et les droits les plus saints, tandis qu'elles lâchaient la bride à tous les déréglemens qui dépravent, à tous les excès qui avilissent; où le despotisme s'étayait de tous les vices auxquels il donnait licence, et foulait la dignité de l'homme, le couronnant de lauriers au son des fanfares et des apothéoses; de cette Venise, où toute notion de droits et de justice, autant que le sentiment de la liberté était inconnue; où, de même que ces victoires et ces triomphes qui appesantissaient le joug sur tous, faisaient la gloire et la vertu de tous; de même l'existence, le bien-être de chacun, la prospérité nationale enfin, résidait dans la pleine assurance, dans la sécurité insolente et superbe du petit nombre à opprimer le plus grand. Toutes ces choses, votre récit les atteste disant : qu'il n'était pas dans Venise une seule famille de commerçans que l'Uscoque n'eût privé d'un de ses membres ou d'une part de ses biens, et que c'était merveille de voir tous ces ressentimens, tous ces désespoirs, qui n'osaient s'en prendre à la nonchalance du gouverneur de San-Silvio, et qui, pour une raison ou pour une autre, étouffaient leurs murmures et gardaient un silence prudent.

Et plus loin, Orio se résolvant à assassiner le comte Ezzelino dans un feint accès de démence, dit : « Le pis qui puisse m'arriver, c'est d'être envoyé en exil pour quatorze ans; on sait ce que valent les quatorze années d'exil d'un patricien; l'année suivante on a besoin de lui, on le rappelle, etc. » La guerre offrait toujours l'occasion de ce rappel, comme ses exploits celle des récompenses, au moyen desquelles les plus pervers citoyens, ainsi que le prouve encore l'Uscoque, étaient les plus glorifiés, les plus haut placés, les plus puissans. Après la guerre et ses exploits, il ne restait plus à tant d'activité et d'énergie dévoyées, d'autre aliment que la mollesse, les passe-temps du luxe, la débauche, le jeu, un jeu effréné, dévorant, qui mettait le comble à la dépravation des grands et à la démoralisation publique.

Pour achever le tableau, et bien donner l'idée de cette patrie par le frénétique amour qu'elle inspirait, il est dit : « que cetamour se cramponnait à tous les cœurs, aux plus vils comme aux plus nobles. » N'est-ce pas à dire que, dans cette république de Venise, où plus encore que dans aucun autre état civilisé, les plus capables, les mieux doués, ne pouvaient, la plupart du temps, que se développer en sens inverse et s'activer en moyens subversifs; les plus nobles, devenant les plus vils, la mesure de cet amour de la patrie, était précisément celle de la dégradation morale où chacun se trouvait parvenu?

Le patricien Orio Soranzo, placé au centre de ce cercle vicieux, recevant en tous sens l'impulsion la plus directe et la plus active; et, ses mouvemens comme ses dimensions ne pouvant qu'être extrêmes, par l'ordre des choses autant que par la loi de sa propre nature, il était condamné à parcourir tous les degrés du cercle, et à résumer en lui l'influence corruptrice de chacun d'eux.

Le prolétaire, l'homme du peuple, aux puissans instincts, en butte à la double lutte de son cœur et de sa raison, de la misère et des besoins, trouve dans la rigueur même de son sort, dans le travail journalier et forcé, une diversion à l'énergie de ses facultés et un préservatif contre lui-même. Il souffre, mais il s'ignore, et, le plus souvent, meurt sous le faix sans s'être interrogé ni approfondi.

Mais si, un jour, soulevant de tout l'effort de son

cerveau la trappe de plomb qui l'écrase, il vient à découvrir le ciel et à s'écrier : moi aussi je suis homme! c'est d'un bond qu'il franchit la limite. Brisant violemment ce joug de poignante contrainte, de lentes et sourdes douleurs qui ont miné son cœur, abruti son intelligence, exaspéré sa raison; sans direction morale au milieu d'un monde qui pose pour axiome qu'on commence par être dupe et qu'on finit par être fripon; du point où il part, pour rétablir l'équilibre, il n'a que le crime à mettre dans la balance : le vol et l'assassinat sont les seules voies ouvertes à son aventureuse audace.

Pour l'homme des somnités sociales à qui, dès le début, la carrière semble si facile et si large; à qui la création toute entière, s'offre riche et parée de tous les dons de Dieu; quelqu'élevés et insatiables que soient ses facultés et ses penchans, il ne lui vient pas même en idée qu'ils puissent être contrariés et non satisfaits. Plein de foi en cette morale du monde, qu'il n'a vu qu'à la surface, et qui d'ailleurs lui est toute favorable, il croit à tout comme il croit à lui-même. La verve de confiance avec laquelle il s'empare de la vie, lui fait craindre seulement que son étendue ne suffise pas à en épuiser les délices, ou qu'avant le terme la force lui manque pour jouir et être heureux.

C'est lorsqu'il vient à toucher soudain le but qu'il avait cru si éloigné, à s'apercevoir qu'il n'y a plus d'espace devant lui quand il croyait avoir l'immensité à parcourir; que, dans son douloureux et cuisant retour sur lui-même, sa première nature lui échappe et qu'il se transforme. Haletant de la soif de cette vie, de ce bonheur qu'il avait rêvé; ne sachant plus que faire de cette énergie dont il surabonde, il s'en prend à tout ce qui l'a déçu et crie detoute son angoisse vers le ciel.

Pourquoi, mon Dieu, tant de désirs immenses et point de moyens d'y suffire? Pourquoi ce véhicule, en soi, si puissant; cette véhémente passion, qui semble être la révélation de ta volonté divine, ne peut-elle, dans son essor, que poursuivre une ombre vaine, ou réaliser le mal contraire au bien auquel elle aspire?

Pourquoi l'ame qui te cherche, et toute pleine d'amour, croit te trouver et te saisir en chacune de tes créatures, retombant sans cesse sur elle même, toute meurtrie et brisée, est-elle réduite à haïr de désespoir de ne pouvoir aimer?

Pourquoi le beau et le vrai, dont le sentiment est au fond de l'âme, ne peut-il s'effectuer? Pourquoi, n'étant pas seulement compris, les magnanimes épanchemens de ces êtres qui, par l'enthousiasme te portent en leur sein, sont-ils aux yeux de tous extra-extravagance et folie?

Pourquoi ces paroles magiques : liberté, vérité, justice, inscrites au frontispice du temple où de toutes parts le mensonge lutte contre le droit de la force, où la moitié du monde exploite l'autre?

Pourquoi ton soleil qui, chaque matin, se lève radieux, comme pour convier l'homme au festin de la vie et du bonheur, n'éclaire-t-il, d'un pôle à l'autre, que ses larmes et sa misère?

Pourquoi l'homme en lui-même, et dans ses rapports avec ses semblables, n'est-il qu'incohérence et contradictions, objet de dérision ou de pitié? Pourquoi, considérant cette cruelle anarchie du monde moral et le mal qui est en soi et hors de soi, la plus noble de tes créatures est-elle réduite à se demander, si elle doit te louer ou te maudire, et s'il ne serait pas plus conséquent de te nier que de te reconnaître?

Aux premiers siècles de la foi, cette ame ardente et désolée eût trouvé dans cette foi aliment et reconfort. Un tel homme eut été un Ambroise ou le Siméon Stylite du désert. De nos jours, s'il n'avait pu se frayer passage à quelque trône à travers tous ces trônes qui se disséminaient avant de s'avilir; après avoir en vain cherché refuge dans le chaos d'idées qui fait transition entre l'époque qui finit et celle qui s'annonce; avoir en vain attendu sur les débris du vieux monde l'aurore du monde nouveau; indigné de la stupidité des masses, de la lâcheté des individus et de sa propre impuissance, il eut bien pu en finir d'une si déplorable existence, et aller s'enquérir de la vérité aux pieds de l'Éternel. A Venise, au dix-septième siècle, faisant trève à la confusion de pensées qui creusent l'abîme au lieu de le combler; las de se dévorer dans l'inertie de sa force et pressé de vivre, il s'élancera tout au gré de ses passions qui bouillonnent dans la voie qui lui est tracée, où tous l'invitent, et où il n'aura plus que ces passions elles-mêmes et leur aveugle effervescence pour règle et pour frein. Donnant le change à son énergie, il épuisera en rixes puériles, en duels, en cabales et menées honteuses; à la débauche, en vils trafics, en fausses intrigues, en déportemens de toute espèce, toute sa verve de vie, tous ces naturels instincts qui sont dans l'homme, de s'activer, de vaincre les obstacles, de courir des chances, d'envahir, de soumettre, d'acquérir, de posséder, d'être grand et renommé. Et l'or étant la représentation de toute supériorité et de toutes jouissances, il mettra d'autant plus d'ardeur à conquérir cette représentation, qu'il se sentira plus inhabile à saisir la réalité.

Puis, dégoûté de cette représentation aussi vaine et stérile que la jouissance elle-même, une seule passion absorbera en lui toutes les autres : celle de risquer chaque jour cette représentation de tout, sur un coup de dés... Après ce qu'il possède, il jouera ce que possèdent ses amis, ses proches. Il jetterait sur le tapis la terre et le ciel s'il les tenait dans sa main; car cette émotion, toute vivace et brûlante qu'elle soit, manquant de but, laisse encore son âme à vide; et sa puissance d'énergie envahissant toujours, s'exalte et se consume sans pouvoir s'assouvir ni se satisfaire.

Si une seule passion faussée, suffit à pervertir le sens et précipiter l'ame la plus haute, qu'en sera-t-il de l'homme qui a développé en sens inverse et converti en instrument de mort et de ruine toute la force d'une nature exubérante, les plus puissans élémens de vie qui soient en lui? Il a tout épuisé et il n'a pas vécu. Ne croyant, ne pouvant plus croire à rien; conduit par les déceptions honteuses et l'aberration de ses plus nobles facultés au scepticisme du cœur et à l'aveuglement de l'esprit, tantôt il succombe au dégoût de toutes choses et de lui-même; tantôt croyant ressentir encore l'étreinte divine, il se relève emporté de nouveau par le tourbillon dévorant, avançant toujours dans cette voie où les antécédens barrent le retour. Dépravé autant par la nullité que par la perversité des efforts, le juste et l'injuste, tout ainsi que le bonheur et le malheur, sont devenus pour lui même chose. Plus coupable que le Prométhée de la fable : car, lui, n'a pas dérobé le feu divin, il l'a éteint, il sera le vautour qui déchire ses propres entrailles. Pour se créer, non plus une jouissance, mais une sensation, c'est lui, son propre sang, sa vie, qui sera son enjeu. Tout ce qui lui reste d'énergie s'est tourné contre lui même; son besoin de bonheur n'est plus qu'un féroce délire. Nulle entreprise perverse ne le déconcerte, nul attentat ne l'effraie ni ne l'arrête...

A ce terme les hommes de toutes les classes, le neveu du généralissime et le dernier pêcheur des lagunes se rencontrent. Ils y ont été conduits, celui-ci par l'injustice soufferte, celui-là par l'injustice exercée; l'un dépravé par la misère, l'autre par l'opulence, selon le point de départ et les conditions du milieu social où il s'est développé et où il a vécu; chacun à son insu, modifié, altéré, perverti par ces conditions et les circonstances, en proportion même de la richesse de ses facultés et de la beauté de sa nature primitive; tous les deux également victimes, également malheureux et dégradés, marchant de pair dans le crime pour ne plus s'arrêter qu'au pied de l'échafaud.

Toutefois faut-il reconnaître que l'empire d'institutions faussement combinées, et dont l'hypocrite et feinte morale, n'est qu'une séduction de plus, ne saurait pervertir la créature de Dieu et effacer de son front le sceau de sa céleste origine, à tel point que vous le représentez. Ainsi que vous dites, Madame : « ces êtres dégradés » dans l'humanité, ces prétendues bêtes féroces, sont en- » core des hommes, ils commettent le crime à la manière

» des hommes et sous l'impulsion des passions humaines. » Il faut donc rejeter parmi les crimes de l'Uscoque ceux qui ne sont pas commis à la manière des hommes, c'est-à-dire dont l'attrait n'est pas dans la nature de l'homme : tel que le meurtre bénévole et commis à froid d'une femme du caractère de Giovanna, et l'empoisonnement de Naam, non mieux motivé.

Quelque déchu qu'il puisse être par l'infraction des lois de Dieu, à quelque degré d'abrutissement qu'il soit tombé, l'homme se retrouve toujours. Il est en lui une corde qui reste vibrante, un sentiment l'anime, une affection quelconque l'émeut. L'homme aime par cela même qu'il est homme ; si ce n'est sa mère, sa sœur, ce sera sa femme ou sa maîtresse, un enfant, un animal, une plante. Quand l'objet manque autour de lui, son ame embrasse l'espace et s'enivre de l'amour de toutes les beautés de la nature. Sous quelque forme que ce soit, de quelque manière qu'ils se manifestent, le besoin et la faculté d'aimer font partie de son être. On peut même dire que l'amour est dans l'homme en proportion d'intensité de tous ses autres instincts. Ce manque de sentiment, cette insensibilité absolue, dans un homme de la nature d'Orio, est donc aussi invraisemblable et fausse que les crimes qu'elle suppose.

Eh! quoi, c'est en Italie que vous allez puiser ce type d'homme sans cœur et sans entrailles; dans cette Italie où le brigand, une madone à sa boutonnière, tout en tuant et pillant, aime avec ferveur et prie avec foi! sur cette terre, poussière de héros, au cœur ardent; sur cette terre, patrie de Dante, où

« Amor ch'a null 'amato, amar perdona,
» Mi prese del costui piacer si forte
» Che, come vedi, encor non m'abandona. »

C'est-à-dire, où l'amour ne pardonne pas; où son influence, plus âpre, plus tenace que la vie, plus identique à l'ame que le coprs lui-même, lui survit; les ames éprises l'une de l'autre, planant deux à deux à travers l'air de feu et de sang des enfers, et s'enivrant, dans leur amoureuse étreinte, d'une ineffable et éternelle béatitude.

Qu'Orio trahisse la république; qu'il se fasse corsaire, uscoque, bandit; ainsi qu'il dit : « tant qu'à risquer son honneur et sa vie, il faut frapper les grands coups, et risquer le tout pour le tout. » Qu'il empoisonne, qu'il tue Mezzani et Léontio ses complices, ou plutôt ses provocateurs au crime, c'est, dit-il, justice rendue : « Le vautour qui combat est fait pour « s'envoler, et la chenille qui rampe pour être écrasée, « le droit divin, ajoute-t-il, l'ordonne ainsi » Mais que, dans sa position, Orio ait assassiné Giovanna, la fille chérie du généralissime de la république; qu'au fond de sa prison, sous le poids de sa vie passée, en présence de son dernier moment, il ait tenté l'empoisonnement de Naam, ce sont de ces phénomènes qu'on n'admet pas, et qui restent sans effet par cela même qu'ils sont plus révoltans.

S'il est vrai, Madame, que vous vous soyez méprise, en présentant, comme vicieuse et mauvaise en soi, l'organisation de votre Uscoque; si, d'autre part, vous lui attribuez des crimes que la nature et le sens commun repoussent également; ne pourrait-on pas aussi vous trouver en faute dans les faits, même vraisemblables, élevés à la charge de ce personnage, ou plutôt de l'homme auquel il sert de masque, de l'homme dont nous embrassons la sainte cause. Engagée, tout ainsi qu'Orio dans un cercle vicieux, votre haute intelligence s'y égare et se fourvoie; elle fait de la fausse raison, de la fausse morale, se contredit, se dément; et, à force de vouloir faire votre héros pervers et scélérat au grand complet, vous finissez par le justifier vous même.

C'est ainsi qu'il arrive au sujet de cette rencontre d'Ezzelino et d'Orio dans le palais Morosini, le jour même du mariage d'Orio. Celui-ci, sans arme, au milieu des solennités de cette fête, et dans toute la joie et l'enivrement de son triomphe, recule devant la dague tirée de son rival qui, dévoré de sombres douleurs et de jalousie, le provoque inconsidérément en un lieu et en un moment si inopportuns.

A ce propos, c'est Orio qui subit tout le blâme. Vous l'inculpez de peur et de lâcheté; vous prodiguez les sentences et les réflexions philosophico-chrétiennes, « sur les satisfactions de la vanité qui sont au premier » rang dans le bonheur des égoïstes; sur les cœurs infailliblement *grands et infailliblement généreux*, seuls » susceptibles de vraie bravoure et d'honneur véritable; » sur l'âpreté du matérialisme, l'attachement à la vie » et aux faux biens, qui enfante *le faux courage et le* » *faux honneur*; » moralités qui, toute lumineuses et belles qu'elles soient, semblent ici hors de propos, étant assez délicat de faire à chacun des personnages dont il s'agit, sa juste part de vanité et d'égoïsme, de spiritualisme et de matérialisme. Ne serait-il pas permis d'affirmer que le pervers Orio Soranzo, le digne Ezzelino et l'édifiant auteur, tiennent également tous trois, très-âprement à la vie; sont très-attachés aux faux biens; veulent, tous trois, très ardemment, être le plus heureux possible; et qu'ils y font, chacun selon ses moyens, tous leurs efforts, ce qui est en soi très naturel et légitime.

Relativement au fait en lui-même, y avait-il plus d'honneur et de courage à provoquer un rival sans armes, qu'il y avait de lâcheté à éviter cette provocation? Orio n'eût-il pas lieu d'être aussi surpris de la déloyauté d'Ezzelino, que celui-ci eut lieu de l'être de sa couardise? Ezzelino, à ce mouvement subit de Soranzo, qui rebrousse chemin et évite sa dague, ne reconnaît pas le cœur d'un noble! mais, tirant cette dague en ce lieu et à cette heure, avait-il bien le cœur d'un noble, lui? ô oui : un vilain, moins subtil en ces délicatesses d'honneur, sur lesquelles ce monde qui n'erre point a prononcé, eût, dès la première rencontre, brutalement peut-être, mais tout haut, en présence de tous, fait expier son offense à ce rival détesté, au lieu de venir s'enivrer sournoisement de fureur jalouse en présence de son bonheur, et le défier sous son propre toît. Malgré notre déférence pour vos opinions, il est difficile de trouver honorable et digne, la conduite d'Ezzelino. En telle occurence, il eut été mieux autre part qu'au palais Morosini.

Ne dirait-on pas aussi que c'est par forme de gracieuse superfluité, et pour qu'il n'y manque rien, que vous voulez qu'Orio soit vaniteux et égoïste? l'étroitesse de ces vices, allait-elle aux grandes proportions criminelles que vous donnez à votre héros?... Orio pouvait bien vouloir l'éclat, la fortune, l'empire sur tous, aux dépens de tous, puisqu'il les voulait aux dépens de lui-même, de sa sûreté et de sa propre vie. Il pouvait bien, par un effet de cette puissance qu'il sentait en lui, dominer la faiblesse et la pusillanimité de ses semblables, se montrer hautain et superbe, mais cela ne s'appelle ni de la vanité ni de l'égoïsme.

Pour appuyer votre assertion, et démontrer qu'Orio ne connaissait point ces plaisirs intérieurs *qu'une conscience pure et les nobles instincts* assurent aux ames honnêtes; qu'une supériorité toute extérieure et factice, la vaine ostentation du luxe lui suffisaient et flattaient seules son ame *deshonnête et ses vils instincts ;* vous vous servez de cette locution italienne. Il *parere*, le paraître, disant qu'Orio sacrifiait l'être, l'*essere* au paraître. Cette expression, Madame, est ici employée hors de son véritable sens. Par cette opposition de l'être au paraître, les Italiens n'entendent pas l'opposition des jouissances intimes de l'ame aux jouissances physiques et sensuelles; mais, relativement au positif de la vie, ce qui constitue son bien être réel, son vrai confortable, à ce qui n'est qu'apparence, luxe au dehors, clinquant de la superficie; or, le mot ne peut être pris dans cette acception relativement à Orio. De tels hommes, d'ailleurs, peuvent bien être frivoles, légers, prodigues ou avares, dans le ême but de dissimuler la pénurie du fond par le relief des formes, mais ils ne sont point pour cela inaccessibles aux plaisirs *qu'une conscience pure et de nobles instincts assurent aux ames honnêtes*, et surtout ils ne sont pas égoïstes... L'égoïste ne sacrifie pas l'être au paraître, il ne vit pas pour les autres, et dans les autres, il vit en soi et pour soi.

Cet amour du *moi*, inhérent à la nature de l'homme, ne peut que dégénérer en égoïsme, ou tout au moins s'empreindre des formes de ce vice, se frapper, pour ainsi dire, à son coin, dans un ordre de choses, dont l'égoïsme est la base ; où chacun ne peut faire son bien qu'au préjudice de tous, et tous à celui de chacun ; ce que vous reconnaissez énergiquement vous même, ayant dit dans Indiana : qu'analysant toutes les vertus vous trouvez pour base à toutes l'intérêt personnel; et dans Lélia , que celui qui se vante de dévouement en a menti par la gorge...

Tant qu'Orio peut concilier son intérêt avec l'intérêt général, servir la patrie autant à son avantage qu'à l'avantage et à la gloire de tous , il ne s'y épargne point; il se montre le plus valeureux, le plus homme de cœur; son sang, sa vie, ne lui appartiennent pas ; il est le premier, le plus grand citoyen de la république. Jusqu'après le désastre de Patras, abstraction faite des intentions, ne considérant que les actes, il ne semble pas que le corsaire en vers eût eu trop à rougir de son frère le corsaire en prose ; tant au début , et sous l'empire de circonstances semblables, les organisations dites perverses et celles dites vertueuses , ont entre elles de similitude ; mais les circonstances s'aggravent, se compliquent; les tendances les plus puissantes d'Orio sont froissées : dès-lors, il entre en guerre avec lui-même et le moi humain l'emporte ; et le noble Conrad de lord Byron devient l'ignoble et monstrueux Uscoque de Georges Sand.

Pour commencer, vous lui retirez le goût des grandes choses, des grandes actions que vous lui aviez d'abord accordé. Vous dites : « qu'Orio n'aspirait aux em» plois élevés qu'à cause de la facilité qu'on a de s'y en» richir. »... Cette naïve indignation se conçoit de nos jours, qu'on ne voit au pouvoir que désintéressement et vertus stoïques. Mais au temps d'Orio, dans cette Venise du XVIIme siècle, se faire riche au moyen du pouvoir qu'on exerçait, c'était un méfait de nature à passer inaperçu à travers les si énormes attentats de l'audacieux patricien. D'autant plus que si Orio se montrait insatiable d'argent, ce n'était pas pour l'amour de l'argent en lui-même, puisque, pour se désennuyer, il le jettait par poignée dans le Canaletto. Ce n'était pas non plus pour les jouissances matérielles qu'il procure : il est dit, qu'Orio «eut voulu pouvoir tout dépenser en un jour »et se voir ruiné complètement, seulement afin de »faire parler de lui comme de l'homme le plus prodi» gue et le plus désintéressé de l'univers »...

Et remarquez, Madame, qu'ici, au lieu d'accuser votre héros, non seulement vous le disculpez, mais encore vous le faites grand...

Orio eut sacrifié tout cet or, si chèrement acquis, tout ce positif si brillant et fastueux, et cette souveraineté de magnificence sur ses pairs, et toute cette vie de plaisirs et de désordres illimités. Il eût tout sacrifié et se fût réduit à l'indigence, seulement pour être réputé l'homme le plus désintéressé et le plus généreux de l'univers !

Il y avait donc dans Orio quelque chose au-delà de cette vanité d'apparat et de ce vil égoïsme que vous lui attribuez? Il y avait en lui au-delà même du besoin de l'estime de tous. Il y avait le besoin de se distinguer entre tous, d'inspirer une haute idée de lui, de dominer par l'opinion, d'exercer l'empire d'une supériorité morale que nul ne pût lui contester. Il y avait le noble instinct de la gloire, qui, ainsi que tous les autres, comprimé et faussé, s'en prenait où il pouvait, et produisait au hasard, et selon la circonstance, le bien ou le mal, l'avantage ou la ruine de lui et de ses semblables.

C'est par une même conséquence que, ne pouvant plus se distinguer à la guerre, donner le change à son énergie morale par le déploiement de sa force physique ; réduit à dépenser cette énergie, à consumer toute sa vie dans Venise, au sein de cette société de débauchés et de joueurs dont l'or était le véhicule, et cet or venant à lui manquer, Orio lui, *ne ment pas par la gorge ;* il ne fait pas semblant de dévouement; il ne débite pas de beaux discours pour persuader à ses concitoyens qu'il ne veut que leur bonheur, quand il ne vise qu'à leur argent : il ne les estime pas assez pour les exploiter d'une façon si courtoise et à tant de frais. Homme d'action et de volonté, aux sensations fortes et profondes; indépendant, fier, courageux, des deux leviers qui soulèvent le monde, ce n'est pas la ruse qu'il choisit, c'est l'audace : «Suivons, se dit-il, comme «autrefois Brennus aux Romains, la plus ancienne loi qui »soit au monde, laquelle abandonne toujours au plus » fort ce qui est au plus faible, commençant aux Dieux »et finissant aux bêtes.» En conséqnence il pose sur sa tête le turban rouge et se fait uscoque. N'ayant plus à dépouiller les ennemis de la république, il se fait son ennemi pour la dépouiller elle-même; de ce premier crime résultent tous les autres.

Devant, un temps donné, être parfait scélérat, précisément pour pouvoir ensuite se poser honorable citoyen, homme de bien : car, à Venise, avoir et dépenser beaucoup d'or, c'était la première vertu comme la plus sûre sauvegarde; toute sa puissance, tous les rayons d'intelligence et de force qui sont en lui, convergeront, par un enchaînement nécessaire de causes et d'effets, tous inévitablement criminels, vers le but où il vise...

C'est ainsi que s'accomplit le meurtre d'Ezzelino, dont vous prenez soin de pallier l'horreur, faisant admirablement ressortir dans cette belle scène du souper la nécessité où Orio se trouvait de le commettre. En effet, il était bien peu avisé ce noble citoyen de Venise, s'il ne comprit pas, tout d'abord qu'il eût reconnu l'uscoque dans le comte Soranzo, que le plus urgent était de se soustraire, au plus vite, à la puissance de ce vautour, au lieu de s'amuser à lui aiguiser le bec et les ongles. A quoi bon ces puériles mystifications, ces bravades insultantes? serait-ce que le digne gentilhomme saisit ici l'occasion de développer son caractère, ou qu'il voulût faire parade de profondeur et de subtilité d'esprit? Malgré ses perplexités et la cruelle souffrance qu'il endure, son criminel adversaire lui reste bien supérieur; il le domine de haut par la présence d'esprit, l'empire de la volonté, par cette pénétration réfléchie qui se maîtrise, par cette puissance à porter un monde de forfaits qui l'ébranle sans le faire plier.... Cet ancien amant de Giovanna appréhende-t-il qu'Orio ne trouve dans ses antécédens de suffisans motifs pour le haïr, et dans son audace assez de moyens pour satisfaire une vengeance qui doit lui peser? Dans quel but se complaît-il à soulever tous les ressentimens, à exciter toutes les appréhensions, toutes les craintes, de ce forcené qu'il connaît bien?... En vérité, Orio paraîtrait plus insensé encore que pervers si, après une pareille scène, il laissait ce mortel ennemi lui échapper et cingler en pleine sécurité vers Venise.

Mais cet obstacle, non plus que nul autre, n'a pu entraver le pervers. Il touche au terme, son œuvre est parachevée, ses palais sont remplis d'or. Pour comble de succès, à l'exception de Naam, cet autre lui-même, il ne reste pas un témoin, pas un complice de ses crimes; le fer et le poison l'en ont délivré; l'incendie allumé par ses mains a dévoré jusqu'au lieu de la scène; lui-même l'abandonne, un navire l'emporte loin de ce théâtre d'horreur. « Alors, levant ses deux bras vers » les pâles étoiles, qui s'éteignaient dans la blancheur » du matin, Orio s'écrie pardon! Ceux qui le virent de » loin prirent ce geste pour l'élan d'un désespoir im- » mense, Naam, qui le comprit mieux, y vit un cri de » triomphe. »

Et qui pourrait l'affirmer? Qui peut se vanter de lire et de comprendre ce qui se passe dans le cœur de l'homme, devenu un abîme où lui-même ne se trouve plus? Dans ce cœur aux formes si multiples; et qui, à travers ses déviations, ses luttes et ses efforts, s'est revêtu de tant de fausses nuances, de tant de couleurs diverses et contraires; où les entraînemens et les vices d'une nature factice, ont étouffé les bons penchans et défiguré la nature primitive? Qui dira au juste si c'est la réminiscence du passé ou l'espoir de l'avenir, le triomphe ou l'effroi, qui l'emportent au fond de cette conscience de l'homme se débattant entre ses prospérités et ses remords?

Si ce n'était pas le désespoir, ce n'était pas non plus une joie si incommensurable, qui transportait cet homme couvert de sang et provoquait son exclamation; peut-être, tout, en rendant grace criait-il miséricorde; peut-être, à la vue de ses terribles succès, reculait-il épouvanté, et n'eût-il pas voulu les acheter de nouveau au prix qu'ils lui avaient coutés.

Mais enfin ces succès sont accomplis; l'Uscoque n'a plus devant lui que la jouissance au sein du repos et de la souveraine puissance de l'argent. Si, au début, lorsqu'il avait à vaincre la révolte d'une ame neuve, le penchant au bien dans sa sève et sa vigueur, l'âpre instinct de la vie et du bonheur a résolu la question, le grand criminel se laissera-t-il aujourd'hui surmonter par la tourmente intérieure, et de tardifs scrupules? *Cette étoile maudite au ciel* qui préside au destin d'Orio, ne brille-t-elle pas encore pour le protéger, et, ainsi que vous ajoutez, le porter encore plus loin sur sa roue brûlante?

Donc, Orio, jouant sa comédie d'époux désespéré, tombé en démence et fou de douleur, abuse l'armée « et le généreux Morosini lui-même à tel point que celui-ci en vint à chérir Soranzo de toute la chaleur de son ame grande et candide. »

S'il n'était pas digne d'amour ce misérable homme, il l'était bien du moins d'une profonde pitié. Était-elle donc si mensongère cette maladie mentale? La dépravation de si hautes facultés; l'essor subversif de tant de véhémentes passions et l'exaspération du crime, n'avaient-ils pas réellement éteint en lui le sens et aliéné la raison? Était-ce la capacité de jouer la folie ou celle de feindre, par intermittence, l'homme sensé qui lui restait?...

Quoi qu'il en soit, reparaissant bientôt dans tout son éclat; s'étant illustré par des prodiges de vaillance, dans cette glorieuse campagne, où les navires de la république plantèrent leur bannière triomphante dans le

Pirée; invincible, grand, magnanime; et, par de mémorables actions, ayant effacé de son front la tache apparente de ses trahisons et de ses forfaits, de même qu'aux îles Curzolari, il en avait effacé la trace, y ajoutant des forfaits plus inouis encore. Le neveu du généralissime rentre dans cette Venise si belle, si enivrante, si joyeuse, sans laquelle tous les trésors du monde ne lui eussent rien été; mais où, riche presqu'au-delà de ses désirs, il va réaliser enfin tous ses rêves de félicité.

Il n'en sera pas ainsi. « C'est précisément à ce » point, dites-vous, que la justice divine attendait, pour » le châtier, cet homme qui avait accompli tout ce que » comportait *l'audace et la méchanceté de son organisa-* » *tion.* »

C'est-à-dire que Dieu joue à l'homme, comme l'enfant à la poupée. Après avoir fatalement créé Orio Soranzo pour être bandit, écorcheur, buveur de sang, nscoque enfin; lorsque, par une conséquence non moins fatale de sa nature, il veut être heureux, voilà que Dieu lui en retire la faculté; prédestiné au malheur comme il le fut au crime, c'est au moment qu'il compte vivre que la vie lui échappe. Une affreuse agonie s'empare de lui, il ne peut jouir de rien. Le vin n'a plus de goût, l'orgie plus d'ivresse, la débauche l'ennuie, le jeu le fatigue; et l'or, cet or, pour lequel il a perdu son corps et son ame, lui est devenu si odieux qu'il ne peut en supporter la vue. Pour comble de châtiment, Orio connait son état, il s'en rend compte; « il se mau» dit, se traite d'idiot, d'impotent, de *débris*, de *hail-* » *lon.* » Cet homme d'un esprit si actif et si fécond, ne trouve, ni en lui ni hors de lui, le moyen de surmonter et de vaincre ce mal qui le rend l'effroi et le supplice de lui-même.

On aimerait à penser au moins qu'un retour de sa conscience, le repentir, le remords, sont pour quelque chose daus cette atonie physique et morale, et le vertige auquel est en proie ce malheureux. Il semblerait moralement si convenable de lui infliger, avant tous les autres, ce châtiment du remords! Mais si Orio était susceptible de remords, il ne serait plus pervers de nature. Aussi, ayant dit, par inadvertance sans doute, que les remords qui dévoraient Orio lui faisaient voir partout un danger ou un outrage, vous vous reprenez, et, retournant à votre principe, vous faites observer : « Que le remords suppose » toujours un état d'honnêteté antérieur au crime; qu'Orio, » n'ayant jamais eu aucun principe de justice, ne connaissait » pas le repentir; que, n'ayant jamais connu d'affection, il » n'avait pas davantage de regrets. »

« Cependant, dès qu'Orio, dites-vous ailleurs, cessa » d'être enivré et amusé, il cessa aussi d'être aveuglé sur » *l'horreur* de ses fautes, elles lui parurent détestables : » mais ce n'était pas au point de vue de la morale et de » l'honneur, c'était à celui du raisonnement et de l'intérêt » personnel bien entendu. »

Alors ce n'est pas sur *l'horreur* de ses fautes qu'il cessa d'être aveuglé, mais sur leur inconvenance et leur maladresse; outre qu'on pourrait demander ce qu'est la morale et l'honneur si ce n'est le raisonnement et l'inrérêt personnel *bien entendu :* entendu de façon à ne pas semer, pour être heureux et honoré, des fautes contre soi-même et contre les autres, dont on ne recueille que l'horreur de soi et la haine de tous.

Il est dit aussi qu'Orio, cet homme précédemment d'une

vie si forte, était, depuis son retour de San-Sylvio, en proie à des attaques foudroyantes, à des crises très-rudes; « et que Naam n'avait pas la force de le juger, le voyant » souffrir, car il souffrait : Mais ce n'était que l'effet » d'une grande irritation nerveuse, comme dirait notre » ami Acrocéronius. »

Et d'où provenait cette grande irritation nerveuse?...

Les crimes qu'Orio avait commis se représentaient à lui dans tous les objets et sous toutes les formes. Le jour c'était la vue de l'or monnayé, l'acier d'une arme, les joyaux d'une femme, qui produisaient sur lui l'effet de la foudre; la nuit c'était ses victimes elles mêmes qui lui apparaissaient et surgissaient sous mille aspects effrayans. « Il s'éveille au milieu des flammes, il entend des » plaintes, des blasphêmes; il voit le regard, le dernier » regard doux mais terrifiant de Giovanna expirante; et les » hurlemens de son chien, au dernier acte de l'incendie, » sont restés dans son oreille : » mais c'était la réminiscence de l'émotion du crime pour ses terribles conséquences et nonpour le crime en lui-même.....

Plus loin vous racontez : comment la voix d'Argiria Ezzelini, qui a prononcé ces mots d'assassin et de frère, a fait bondir Orio comme s'il eût été frappé d'un poignard : » Cette voix enfonce un fer rouge dans ses entrailles; il » n'entend plus, il ne voit plus, il est saisi d'un tremble- » ment convulsif... son cou est raidi par l'angoisse; ses » yeux hagards lancent des flammes; il jette un grand cri » et tombe raide sur le carreau... on entend sortir de sa » poitrine des cris étouffés, des sons étranges et affreux... » des gouttes d'une sueur froide coulent de son front. » Mais ce n'est pas là encore le soulèvement, le déchirement de la conscience, l'épilepsie du remords :

seulement; « Orio avait des passions effrénées, des be- » soins énormes; il voyait que ses jouissances n'étaient » point assurées; c'était la peur d'être découvert qui, dé- » truisant pour lui toute sécurité, empoisonnant toutes » jouissances, produisait en lui le même effet que les » remords. »

N'oublions pas, toutefois, qu'il est dit, dès le commencement, qu'Orio était blasé sur le plaisir de se trouver en sûreté; et aussi qu'il était tellement blasé sur ses jouissances qui consistaient à dévorer son revenu dans d'obscures orgies et à se ruiner lentement, qu'il eût voulu pouvoir échanger et ses jouissances, et sa fortune tout entière, et probablement aussi, la sécurité qui les lui assurait, contre la possibilité de tout dépenser en un jour et de se voir ruiné complètement.

Il est vrai, qu'après avoir, par le mouvement spontané d'une bonne nature, attribué à ce vœu d'Orio le noble motif exprimé plus haut, (de s'acquérir par là le renom d'homme désintéressé et généreux) par un retour mauvais de cette même nature faussée, vous ne voyez plus dans ce vœu qu'une fantaisie, et ne voulant pas même permettre à ce triste objet de votre colère une fantaisie qui ne soit un crime ou ne le provoque, vous poursuivez disant : » Que, si Orio eût pu tout dépenser et se voir en un » jour ruiné, il eût retrouvé son énergie, et *que ses ins-* » *tincts criminels* l'eussent conduit à de nouveaux forfaits.»

Que d'efforts pour défigurer et avilir la créature de Dieu, et dans quel labyrinthe d'erreurs et de sophismes on s'engage quand une fois on dévie de la vérité!... La vérité est, qu'Orio Soranzo, ou tout homme de cette trempe, ne pouvait pas plus être un homme heureux dans l'ordre de chose où il lui était donné de vivre, qu'il ne pouvait être un homme de bien. De même que, dans son impérieux besoin de supériorité morale, il était réduit à ambitionner le renom de l'homme le plus prodigue et le plus désintéressé de l'univers ; de même , dans son besoin de bonheur, aussi intense et non moins déçu, on le voit réduit à envier le sort de son esclave qui, au coin de sa chambre, couchée sur une peau de panthère, goûtait un sommeil paisible, souverain bien que, dès long-temps, Orio ne connaissait plus.

Nous n'admettons donc pas que son malheur fût un juste châtiment du ciel. Qu'Orio ait été criminel par la volonté de Dieu qui l'aurait façonné tout exprès pour le crime, selon votre principe ; ou qu'il le soit devenu par le fait des institutions sociales, et l'influence de la circonstance extérieure, ainsi que nous l'affirmons; dans l'un et l'autre cas, cette intervention, du ciel comme une verge de fer, qui viendrait frapper l'homme et s'appesantir sur lui dans sa détresse, bouleverse toute idée, innée ou acquise, du juste et de l'injuste et tout sentiment religieux, faisant de Dieu un mauvais génie, le pire de tous les démons. Le présent est pour chacun la conséquence, pure et simple, de son passé. Si Orio souffrait ; si toute vie lui manquait; s'il était sans sommeil et ne pouvait goûter ni repos ni bien être, c'est parce que son sang était brûlé, ses nerfs appauvris, tout son être flétri, décomposé, usé par l'effort du crime et ses déceptions profondes; par les tortures du désespoir; les amères et cuisans retours du repentir, des regrets, du remords (du remords dont vous indiquez, à ne s'y point méprendre, tous les symptômes), et toutes ces angoisses et ces terribles convulsions de la conscience humaine qui suffisent, si non à la justification des actes de l'homme, du moins à celle de sa nature et à celle de Dieu.

Le labeur du crime et son expiation intérieure ont tellement mis à bout, dans son corps et dans son ame, le grand coupable que, réduit à l'extrémité et ne sachant quel moyen employer, à quelle divinité se vouer pour ressaisir la vie dont il sent fermenter encore cette sève qui fut si puissante, Orio consent à recevoir un médecin.

Dans cette Venise, patrie par excellence, il ne peut manquer de se trouver un savant dans l'art de guérir, un sage, au moins un homme qui comprendra l'hommeet sur sa plaie saignante apposera le beaume salutaire. C'est messer Barbolamo, ce médecin si docte, si renommé, qui est appelé. Il sait que son malade méprise la médecine et les médecins, et ne croit ni à l'un ni à l'autre; n'y croyant pas plus lui-même qu'il ne s'estime et ne croit à Dieu et à l'homme, ce n'est pas sa science qu'il déploie, mais son esprit. Les écarts de la passion n'ont point dérangé le jeu *physiologique* de sa petite machine. Il y a chez lui équilibre parfait; il peut, dans son scepticisme, se rire impudemment des souffrances physiques et morales qui annihilent et consument ce malheureux. « Se souciant peu » de lui mesurer quelques souffrances de plus ou de » moins, curieux seulement de voir des effets nouveaux, » messer Barbolamo assure son malade que, loin d'être usé, il n'est pas seulement fatigué; qu'il a en lui la force de dépenser vingt existences, et que c'est pour cela qu'il se tue à n'en dépenser qu'une; puis, « jugeant bientôt à la confiance que prend en lui ce malade, à quel point son sang est appauvri et son ame *vide d'idées*, » il en profite pour tenter ses expériences. Il l'engage d'abord à changer ses passions, et, par manière de passe-temps, pour faire diversion, à devenir homme d'étude et de science, ou bien homme pieux; à fréquenter les églises, à faire l'aumône. Il lui suggère aussi, comme agréable fantaisie, le goût des belles reliures, des riches bibliothèques. « La vue des livres, lui dit-il, vous distraira de celle des bouteilles, et votre luxe trouvera là un débouché... »

C'est alors que, voyant l'incrédule patricien peu disposé à se passionner pour toutes ces belles choses, dans son embarras à lui trouver l'emploi des vingt existences qui sont en lui, messer Barbolamo, tout en raillant et persifflant son malade, lui indique le seul moyen qui, sans doute dans un autre sens qu'il l'entendait, eût pu infailliblement le sauver : celui d'un amour naïf et sincère, d'un amour vrai.

C'est Argiria Ezzelini que le sort dévoue à l'épreuve tentée pour ressusciter ce moribond, en qui les vices et le crime ont anéanti la vie. Argiria est une noble jeune fille, toute resplendissante de candeur et de beauté; le principe fécond qui est en elle, cette vie toute fraîche, toute suave, s'épand comme une douce rosée, comme un rayon du ciel. Elle est la cliente de messer Barbolamo; « il la connaît et l'affectionne dès sa plus tendre en-»fance; c'est aux yeux du docteur quelque chose de profon-»dément triste et de hideusement laid qu'un tel amour. C'est »l'accouplement de la vie et de la mort, de la lumière »céleste avec l'Erèbe, etc. Il est à l'insu de tous la cause »de ce mariage; il en reste troublé. » N'importe, cet habile médecin, que vous assurez aussi être un *loyal et généreux* citoyen, laisse aller les choses : « Puisqu'en

» définitivive, dit-il, elles sont à ce point et que les » deux familles désirent ce mariage, de quel droit y » mettrais-je obstacle? d'ailleurs, ajoute-t-il en lui- » même, toutes les femmes sont plus ou moins vaines; » quand la signora Soranzo s'apercevra du peu que vaut » son mari, le luxe lui aura créé des jouissances qui » la consoleront. »

Admirable expédient pour décharger sa conscience, et qui donne bien l'idée *d'un loyal et généreux citoyen de Venise*, et de cette Venise elle-même, où une si angélique et si parfaite créature qu'était Argiria, se consolera et prendra son parti des vices de son époux, en se pervertissant et se faisant aussi vicieuse que lui! Quelle merveille, après cela, qu'un Orio Soranzo ait résumé, au plus haut degré dans sa large étoffe, toutes les formes d'une si impérieuse et si active corruption!

Mais enfin, voici Orio en présence d'une phase nouvelle. Toute sa vie, tout son avenir, dépend de cet amour. Aimera-t-il ou n'aimera-t-il pas? Par la même raison qu'Orio n'est pas susceptible de remords, il ne sera pas susceptible d'amour. Il serait naturel qu'il aimât : mais il ne doit pas avoir de naturel, donc il n'aimera pas.

Mais de même qu'Orio, homme, ayant une conscience, éprouvait le remords, ayant un cœur, il ressentira l'amour; et, malgré tous les efforts pour accorder le faux avec le vrai, et faire passer le vide du raisonnement à l'aide des divagations et des beautés du style, de fausses prémisses ne pouvant avoir de terme, vous arrivez comme précédemment, à une conséquence opposée.

Après avoir dit : tantôt qu'Orio, sentant qu'il y va de sa guérison, s'efforce de saisir l'occasion par les cheveux; puis que c'est en lui un excès de sensibilité qui étonne dans un égoïste si complet ; tantôt qu'il se donne beaucoup de peine pour être éloquent et tragique ; puisque cependant, à certains égards, il parle avec la force de la vérité ; après avoir avoué que *l'espèce* d'affection qu'il ressentait pour Argiria, était plus sincère que celle qu'il avait eue pour Giovanna : vous êtes enfin amenée à convenir qu'Orio aime, qu'il ressent pour la noble sœur du comte Ezzelino un sentiment prononcé, un amour profondet vrai.

Et ce n'est pas, ainsi que vous dites, toute confuse de vous être vaincue vous-même, « parce qu'il arrive » quelquefois qu'une ame juste et pure ne saurait » s'élever jusqu'à la passion, tandis qu'une ame per- » verse s'y jette parfois avec ardeur, et se fait un » besoin insatiable de la possession d'un être meilleur » qu'elle. » S'il est peu d'ames qui se puissent dire justes et pures, il ne semble pas qu'elle soit si perverse, celle qui ressent un besoin insatiable de se réfléchir et de vivre dans un être meilleur qu'elle.

Les flétrissures du crime n'avaient pas atteint jusqu'au germe la nature primitivement grande et belle d'Orio. L'Étincelle divine, l'amour, scintillait en son sein; il aimait alors pour la première fois, parceque pour la première fois il rencontrait une ame, en simpathie avec la sienne, et que cette ame animant un corps de jeune fille, le plus beau qui se puisse imaginer, c'était une attraction assez puissante pour qu'il n'y résistât pas et la subît tout naturellement. L'âme vierge et candide d'Argiria, en partageant cet amour, avait, par sa pureté même, la perception de ce qu'il y avait d'élevé et de grand dans Orio. Cet homme, pervers aux yeux des pervers comme lui, s'illuminait de toute sa beauté native au contact de cette femme ange, qui portait en elle la grâce de régénération.

Cette noble créature n'était pas une Giovanna, qui, dans le comte Soranzo, n'avait vu que l'élégant et brillant cavalier, l'amant envié, qu'elle enlevait à la vanité de femmes aussi puériles et vulgaires qu'elle même : « Argiria, est-il dit, aimait Soranzo parce » qu'il souffait; c'était cette triste empreinte que le » temps et la souffrance mettaient sur lui qui la char- » mait. » Ce n'était pas, comme dans Giovanna, un instinct de sacrifice et d'abnégation qui la prédisposait à être la victime d'un maître dont la beauté lui faisait chérir l'orgueil et adorer la rudesse. C'était, dans Argiria, un grand et haut dévouement qui, sans qu'elle s'en rendit compte, lui faisait trouver sa gloire à relever et sauver cet homme tombé et déchu. Encore qu'elle eût connu toute la portée de son œuvre; que tous les antécédens d'Orio se fussent déroulés devant elle, sa vertu ne se fût pas démentie; elle se fut alimentée de l'étendue de ses devoirs, et eût grandi en proportion de la mission sainte qu'elle se sentait par l'amour la force d'accomplir. L'amour dans les nobles ames, c'est l'enthousiasme du dévouement; et cet amour, dont l'essence est Dieu même, de quoi n'est-il pas capable?

Mais la destinée d'Orio était autrement arrêtée. Criminel et malheureux, il a satisfait au bon plaisir de Dieu;

il lui reste à satisfaire à la justice des hommes, à expier ses offenses envers ses semblables et envers la république. Toutefois, comme il pourrait sembler que si Orio s'est rendu coupable envers son pays d'une haute trahison, il lui a aussi rendu d'importans services et s'est illustré par de glorieux faits; que d'autre part, quelques réminiscences des bons instincts ont fait retrouver l'homme, et qu'il a subi le châtiment du remords; qu'enfin, si Orio a beaucoup péché, il a aussi beaucoup expié; et qu'il se pourrait qu'un lecteur compatissant criât merci, renvoyant à Dieu le jugement de ce grand criminel, qui apparaît plus grand encore que ses crimes; vous, qui ne le voulez pas, Madame, vous vous hâtez d'appeler de nouveau la malédiction sur lui. C'est l'Uscoque qui, retombé du ciel qu'il avait voulu escalader, se montre plus infâme, plus abject que jamais. Au lieu du vautour qui s'envole, ce n'est plus que l'insecte hideux qui rampe, et qui, à moitié écrasé, se dresse encore, évoquant tout l'enfer pour sauver un reste de vie auquel il reprend goût parce qu'il va le perdre. « Dans son énergie fébrile, dans le délire cri-
» minel qui le transporte, ses yeux sont fixes et brillans.
» ses mains contractées sur | ses genoux maigres et nus;
» en un mot, le plus bel homme de Venise était hideux
» ainsi absorbé dans ses méchantes pensées et ses lâches
» calculs. » Après cela, quel homme, *quelle femme* surtout, voudra lui compatir et le sauver?...

Aussi, le dixième jour après son arrestation, est-il traduit par devant le tribunal des Dix que, pour son malheur, le comte Soranzo n'a pas assez redouté, s'en reposant sur cette confiance qu'à Venise, cette chère patrie, tout s'arrangeait avec de l'argent; sachant trop aussi, qu'à cette époque de corruption et de décadence, ce tribunal des Dix, ainsi que vous le dites, avait perdu beaucoup de sa fanatique austérité, et que ses formes seules restaient sombres. Mais voici qu'il retrouve contre Orio et le fond et la forme, et toute son antique et terrible sévérité.

Là, rien n'est épargné à l'avilissement de la dignité humaine et à la torture du cœur de l'homme. Avec quelle majestueuse quiétude le digne Ezzelino débite sa longue et verbeuse accusation! Comme il savoure cette unique récompense accordée à sa vertueuse vie de distiller goutte à goutte la mort dans les flancs de l'ennemi abattu à ses pieds! Pas un son ne frappe l'oreille du patient; pas un objet ne s'offre à sa vue qui ne l'atterre et ne le foudroie. C'est la terreur, l'effroi, le désespoir; c'est la honte, plus poignante encore qui, se broyant avec l'orgueil au fond de cette ame éperdue, la pulvérise et la confond. Les artères du malheureux, tendues par l'indicible angoisse, se rompent une à une. C'est à travers mille supplices que sa vie s'évapore; il a subi mille morts avant le coup mortel!... mais chacune de ses souffrances n'est-elle pas la peine d'un crime qui la dépasse? quelle que soit sa rigueur, la justice peut-elle frapper de coups assez rudes, et atteindre par trop d'endroits un Orio Soranzo? il n'est pas jusqu'à son beau levrier blanc qui ne soit mis en scène et ne vienne là, tout exprès, pour lui sauter à la gorge. En présence de ce tribunal, c'est l'horreur qui saisit l'ame : les juges, les accusateurs, Ezzelino, Barbolamo, Naam, dont l'amour forcené s'est changé en haine, tous ensemble avec le criminel, forment comme une apparition de l'enfer; chacun se glorifiant dans son triomphe ou sa vengeance. « Celui-ci avec cette complète froideur qui est le dernier terme du mépris; celui-là avec une énergie d'indignation qui va, jusqu'à la moquerie impitoyable. » Tous, dans leur joie féroce, semblant déchiqueter à plaisir et se disputer les lambeaux de cette proie humaine ; sans qu'un seul, par un retour sur soi-même, voie là un homme! un homme aux prises avec la mort, avec les débris de sa vie croûlant sur sa tête! sans qu'un seul cœur s'émeuve de charité fraternelle ; sans qu'une seule voix s'élève pour requérir au ciel miséricorde ; ou, dans dans une sainte indignation, demander compte à Dieu de cette grande ruine, de cette dégradation de sa créature, qui crie vengeance ou contre la terre ou contre lui !......

Non ; cet Orio Soranzo, si magnifiquement doué, qui apparut tout resplendissant de beauté, de force et de puissance, n'était qu'un leurre, un piége tendu à dessein par la Providence; c'était un lys, aux pétales embaumées, dont le calice ne recélait que venin et poison. Frappé de réprobation, maudit de Dieu et des hommes, Orio est retranché de la terre où il n'a porté que ravage et désolation; et la terre et le ciel s'en réjouissent, ils entonnent de concert l'hymne d'allégresse.

Oh! il n'en est pas ainsi, le ciel ne se réjouit pas. Il ne conspire pas avec l'homme contre l'homme; il ne ratifie pas les jugemens à mort; et, quelque criminel qu'il ait été, il est juste devant Dieu, celui dont les attentats sont lavés dans son sang par la main de ses frères. Vous-même, madame, vous voulez bien accorder : « qu'il n'est point » prouvé qu'il ne s'opère pas, à son dernier moment, dans » l'ame du pécheur le plus endurci en apparence, une

» expiation dont l'éternelle justice veut bien se contenter.»

Oui, l'expiation s'opère à ce dernier moment comme durant tout le cours de sa vie ; et, de cette expiation, l'éternelle justice se contente!... Lorsqu'au sein d'institutions si insouciantes du développement normal de la moralité dans la société, l'homme, environné de tentations et d'embûches, a succombé. Après que le régime pénitentiaire des prisons, des cachots et de la condamnation à mort lui est venu en aide; lorsque le fatal arrêt a fait refluer tout son sang au cœur du condamné; lorsque toute sa vie : son passé de cruelles luttes et son avenir, où se réfugiait peut-être la vertu avec l'espérance, se résume en un point sous la hache du bourreau; oui, l'ame qui a pris le devant, trouve asile au sein de Dieu. Peut-être même, osons le dire, le sang de l'homme, quelque ignoble qu'il paraisse, retombe-t-il sur celui qui l'a versé; qui sait si un jour le souverain juge ne demandera pas au juge de la terre; comme au premier homicide : « Où est ton frère, qu'en » as-tu fait? »

« Si j'avais commis un crime, dites-vous, je porterais » nuit et jour un brasier ardent dans ma poitrine ;mais il » me semble que je pourrais le cacher aux hommes, et » que je ne croirais pas me réhabiliter à mes propres yeux, » en pliant les genoux devant des juges et des bourreaux. »

Quant à moi, en appelant à Dieu et à mon témoignage intime, je ne pense pas que je sois jamais amenée à me reconnaître criminelle ainsi qu'on l'entend. Si ne ressentant que large sympathie pour tout ce qui respire ; si toute palpitante de bienveillance et de dévouement, et portant vif en moi le sentiment du beau et du vrai; il arrivait que, dans un de ces momens d'aberration où il semble que l'ame soit absente, je commisse quelque faute grave ; ou que, sous l'empire de l'une de ces passions violentes qui, dans leur faux essor, transforment les plus magnanimes instincts, l'amour, l'enthousiasme, toute l'énergie de l'ame en un frénétique délire, il arrivait, dis-je, que je vinsse à porter la mort où j'eusse voulu, au prix de mille morts, placer la vie; revenu de mon funeste égarement, si je n'expirais pas de douleur, oh! je sens que cette douleur, je ne pourrais la renfermer dans mon sein. Elle m'échapperait par tous les pores; elle s'épancherait en larmes de sang; je la confesserais, je la crierais au ciel et à la terre, espérant trouver quelque homme, quelque ange, dont la miséricorde descendrait sur moi pour m'absoudre et me permettrait encore de mourir en bénissant et en aimant.

Si, par suite de mon attentat, j'étais condamnée à une mort infamante, je la subirais, non comme une expiation envers la société, mais comme une expiation envers moi-même. Je ne demanderais pas pardon aux hommes; quel homme par une vertu équivalente à mon repentir, aurait acquis le droit de me pardonner? Je ne m'humilierais pas non plus devant eux; quelque misérable que je leur parusse je me sentirais plus près de Dieu qu'aucun de ceux par qui je serais jugée et condamnée. Je ne m'humilierais pas non plus devant Dieu, car je saurais qu'il n'y a en moi que le vouloir ardent, immense, du bien. Ce vouloir passionné a eu pour effet une œuvre mauvaise, je ne saurais dire comment ni par quelle loi; mais, à coup sûr, à mon insu et contre mon gré.

Tout ce que je pourrais, dans le sentiment d'une profonde pitié de moi-même, serait de me résigner, attendant de la mort la révélation de la vie, c'est-à-dire de ce mystère qui place en même temps, au cœur de l'homme, l'enfer et le ciel; le génie du bien avec la possibilité de n'accomplir que le mal, de ne réaliser que l'iniquité et la douleur.

Et que pourrait exiger de plus ce Dieu qui, impassible dans sa béatitude, ne saurait souffrir, tandis que sa faible créature succombe sous le faix de l'ignominie et de la souffrance que, selon vous,il lui impose!

Oui, c'est un bien terrible mystère que celui du grand coupable, de l'homme dévolu à la mort et frappé par la main de son semblable. S'il fut un Dieu pour le racheter de la réprobation éternelle, n'en sera-t-il pas un pour le racheter de sa réprobation en ce monde? du moins ne nous faisons pas à plaisir les démons de l'enfer d'ici bas, des juges à mort, des bourreaux! Assez de nos frères gisent sur la paille des cachots; assez de nos frères, mutilés et meurtris, portent au gibet l'image de Dieu souillée de fange et de sang, tandis que, couronnés de roses, nous courons aux fêtes et aux plaisirs, sans mettre le comble à notre cruelle démence, nous faisant des plaisirs et des fêtes du long cauchemar de leur déplorable vie et du râle affreux de leur dernière agonie. Que la femme, ne déprave pas sa noble intelligence à inventer ces scènes de crimes et d'impiété où, placée entre la créature et son Dieu, elle blasphème l'un et maudit l'autre, à seule fin de préconiser le bourreau et d'élever des trophées de têtes à la gloire de ce qu'on appelle la justice humaine, la loi des sociétés. Depuis tant de siècles que cette loi fait ses preuves sur une terre détrempée de larmes et de sang, elle n'a réussi encore qu'à mutiler l'œuvre de Dieu; à envoyer les hommes les plus richement doués, les plus puissans, les Trenmor et les Orio Soranzo, aux bagnes ou à l'échafaud;

de même qu'elle dévoue les femmes les plus énergiques et les plus belles, les Lélia et les Pulchérie, aux carrefours de prostitution ou à la démence.

Gardons-nous de soutenir que, parmi les enfans du père commun, il en soit qui naissent *vicieux et pervers ; d'organisation méchante, avec des instincts criminels*. Il n'y a de pervers et de criminel que la loi de perdition que l'homme a faite, et dont l'homme est victime. Sans doute, les Trenmor et les Orio Soranzo, les Lélia et les Pulchérie, n'étaient formés pour aucune des cases pratiquées en civilisation ; mais l'œuvre de Dieu est-elle défectueuse par cela que le plan des civilisés ne s'y adapte pas? Est-ce la nature humaine qui doit se façonner aux institutions, ou bien les institutions se combiner selon les tendances humaines, et la loi de l'homme être l'expression de la volonté de Dieu? Et comment les grandes proportions de certains êtres ne se briseraient-elles pas dans le moule qui leur est fait, puisque les organisations les plus mesquines, les plus propres à nos étroits systèmes, sont par eux faussées et contrefaites; puisque le bien, en soi, est si hétérogène au terrain social, que la plus mince vertu n'y peut prendre croissance sans contracter au revers un vice qui lui fasse ombre, et la rende souvent plus insupportable que le vice même.

De ce que les philosophes et les moralistes n'ont su découvrir et reconnaître la loi de Dieu, s'ensuit-il que cette loi n'existe pas? et, pour sauver leur ignorance, faut-il adorer un Dieu inconséquent, absurde ou méchant?... Non, Dieu est infiniment bon, infiniment sage, infiniment puissant. Il n'a pu vouloir à priori le mal, il n'a fait ni le péché ni le crime. Il n'a pas formé sa créature d'élémens antipathiques et discordans; il n'a pas mis en elle des sentimens et des passions dans le seul but de donner le démenti à la raison dont il a en même temps pourvu son intelligence. Ce Dieu, dont la préscience infinie a pouvu à tout; dont la providence intégrale ne resplendit pas moins dans la loi donnée au castor et à l'abeille que dans celle qui règle le cours des astres; ce Dieu, dont le monde physique révèle la gloire par la magnificence de son harmonie, a imprimé aussi son harmonie au monde moral. Sa loi d'ordre, d'attraction, l'ame de l'homme la porte en soi; que l'homme cherche cette loi dans la simplicité de son cœur, et il la trouvera; et il comprendra, qu'au sein de cette belle création, sur laquelle Dieu lui a donné l'empire, il est pour tous une autre destinée à remplir que la lutte à travers le désordre et l'anarchie; et un autre but à atteindre, pour le trop grand nombre, que le malheur, le crime, l'ignominie et l'échafaud.

www.ingramcontent.com/pod-product-compliance
Ingram Content Group UK Ltd.
Pitfield, Milton Keynes, MK11 3LW, UK
UKHW020427180726
13839UKWH00003B/1398